파주

국립중앙도서관 출판예정도서목록(CIP)

파주 : 이동재 시집 / 지은이: 이동재. -- 대전 : 지혜 : 애
지, 2018
    p. ;   cm. -- (J.H Classic ; 023)

ISBN 979-11-5728-281-4 03810 : ₩10000

한국 현대시[韓國現代詩]

811.62-KDC6
895.714-DDC23   CIP2018023378

J.H CLASSIC 023

파주

이동재

지혜

시인의 말

너무 추워서 시가 되고 너무 추워서 시도 되지 않고

2018년
— 와각蝸角 이동재

차례

2부

3부

4부

• 일러두기
  한 연이 첫 번째 행에서 시작될 때는 > 로 표시합니다.

1부

창만리 겨울 소묘

겨우내 집 앞 풍경은 정물산수인데

가끔 오리 떼가 날아서

산야조비도山野鳥飛圖

아무리 봐도 금병산 이하 정물인데

이따금 노인정 게양대의 태극기가 펄럭여

국기파적도國旗破寂圖

가끔 눈이 내린 아침이면

촌옹소설도村翁掃雪圖

개 고양이 풀려난 저녁이면

견묘난장도犬猫亂場圖

아내의 목소리가 높아지면

부인훤훤도婦人喧喧圖 내지

부인고성질부자도婦人高聲叱夫子圖

또 하루가 저물고 나면 마침내

일족취침각자몽생도一族就寢各自夢生圖

나 홀로 독야취음장탄식도獨夜就飲長歎息圖

혹은 심심파적자위도深深破寂自慰圖

간혹 청년회장이모내방권주희작도靑年會長李某來訪勸酒戲作圖

창만리는 창만리

나는 나

나도 창만리 내가 창만리

새 집

새 집에선 소리가 난다

모든 게 낯설어

벽과 벽

벽과 천정

가구와 가구

그리고 바닥이 만나는 부분에서

자기 자리를 잡느라 삐걱거리는 소리

밤새 수인사 하는 소리

새 집에선 냄새가 난다

미처 마르지 않은 나무

그 나무가 살던 숲과 공기

새들과 계곡의 물이끼

산짐승들의 발정난 냄새와 진달래 철쭉

이름 모를 약초 냄새까지

채석장의 화약 냄새와

골재 트럭이 훑고 간 강바닥의 기름 냄새마저

이합과 집산 고통과 환희

이 모든 것의 접합 부분에선

밤새 소리가 난다
냄새가 난다

신묘년 식목 행사

선비의 기상 아닌가 매화나무 4
고향의 봄 살구 3
난 조상과 한 뿌리라네 대추 1
못생긴 모과 1
감나무쯤 되랴 1
우물가에 바람 날 동네 처녀 없다만 그래도 앵두나무 1
누군들 붉지 않으랴 자두나무 1

오미자 복분자
블루베리 회양목 진달래
마당 둘레에 심고 나니
어느 새 난 부자

그래도 뭔가 부족해
먼 산 소나무 한번 보고

마당

청명 한식 지난 어느 봄날
장미 심고
마당 한 바퀴
철쭉 심고
또 한 바퀴
모란
작약
하나씩 심고
다시 한 바퀴
구절초 옮겨 심고
또 한 바퀴
자꾸자꾸 한 바퀴
이웃집 담장 개나리 한번 쳐다보고
다시 또 한 바퀴
자다가도 다시 한 바퀴
꿈속에서도 또 한 바퀴
허공에 대고 연신 짖어대는 이웃집 개
얼떨결에 핀 그 집 목련
어지러워 하루 종일
졸다 자다 하는 아버지

알고나 있으라고

새 집 마당에 과일 나무 십 수 그루
그렇게 심고 나서
서울 사는 막내 누이에게 전화를 걸었다
다른 건 다 심었는데
포도나무만 못 심었다고
알고나 있으라고
광탄시장에서 삼만 원 하더라고
알고는 있어야 할 것 같아서
그냥 전화했다고
고향집 담장 밑에서
처마 위로 올라가던 그 포도나무
생각나지 않냐고
그저 알고나 있으라고
나뭇값이 비싸서 전화한 건 절대 아니라고

개구리

밤새 말 안 듣고
시끄럽게 울어댄 개구리
이름을 모두 적어 놨다
— 청개구리

어머니의 콩밭

집 마당
빙 둘러 콩이다

초롱꽃 모란 구절초
딸기 반송 무궁화
쥐똥나무 매화
살구 자두나무

이게 다 뭐냐?
콩 심어야 하는데

기적

시금치 열무 앵두 토마토
강낭콩 옥수수 고추

하늘과 땅 사이
이 모든 게 기적이다

시골생활

서울 오가는데 두 시간 삼십 분
혹은 세 시간
왕복 다섯 시간은 예사
아 이래서 사람들이 기를 쓰고
서울에 살려고 하는구나
알게 되는 시간
유배도 전원생활도 아닌
원주민도 이주민도 되지 못한
농부도 제대로 된 월급쟁이도 아닌
참 거시기한 세월
애매한 서울 변두리
국경 아닌 국경

국제시골

영어 그까이거
사람이 하는 말을 못 알아들을 게 뭐 있어
시골에 살다보니 기본이 육칠 개 국어야
동네 견공들이나 쓰는 독DOG어는 기본이고
읍내 교통경찰들 매일 불어불어 하지
청년회장도 덩달아 빈 술잔에 술 부어부어 하지
들고양이 집고양이 쌔고쌨으니
묘족苗族어도 하고
그 주변의 서鼠어도 하지
남들은 산동어를 한다지만
난 가끔 마주치는 산돈山豚어를 할 줄 알아
좀 시끄럽지만 와蛙어도 하고
유사어인 맹꽁이말이나 두꺼비말도 하고
오작烏鵲어에 봄이면 제비들이나 하는 연燕어
내가 그쪽 말을 하는 건지
그쪽이 우리 쪽 말을 하는 건지 모르겠지만
어쨌든 말이 잘 통하는 구관조어도 청산유수야
고라니어나 인접어인 노루어 녹鹿어도 가능해
수많은 목木어와 그 방언들은 당연지사고
화초들의 색色어도 어지간히 알아들어

영어? 사람이 하는 말 그까이거 누가 못 알아들어

니이미 누구보고 촌놈이래

낙상, 반비상

우리 마을은 창만5리가 끝이지만 바로 옆 산골짜기 창만6리에 살고 있는 이정봉 형이 비닐하우스 지붕에 올라갔다가 떨어졌다는 소식을 너무 멀어서 열흘쯤 지난 다음에 알았다 원래부터 그는 날지 못했다 어쩌자고 지붕에 올라간 것인지는 모르겠으나 날개도 없는 사람이 술에 절은 몸으로 그나마 단단한 땅이 안전하다는 걸 안 것만으로도 다행이라고 그냥 퉁치려다가 혹시 6리가 너무 멀어서 지붕 위에 올라가 5리를 내려다보다가 5리에 대한 그리움에 고개를 빼다가 내친김에 지붕 위에까지 올라간 것은 아닐까 궁금하기도 하고 그가 없는 창만5리가 너무 적적하기도 해서 서울대 병원 입원실을 찾아가봤더니 이 기회에 몸을 총체적으로 리모델링을 하고 있어서 다행이라고 생각했는데 그 집 진돗개가 새끼를 또 낳고 세 마리나 낳고 산후조리는 어떻게 하고 있는지 궁금하기도 하고 봄은 어디쯤 오고 있는지 창만6리엔 봄이 오고 있는지도 궁금해서 술 한 병 사들고 가고 싶은데 창만6리에 정봉이 형은 없고 끝까지 가는 정봉이인 끝봉이는 없고 올봄은 그냥 심심하게 왔다가나 보다 매화가 피고 철쭉이 펴도 술 한 잔 할 사람이 없으니 봄이 봄이 아니다고 생각하며 마을에 이제 사람 없다고 정봉이 형은 원래 창만6리 사람이라고 올봄은 그냥 다 건너뛰자고 이장에게 통보하고 돌아와 눕는다

앵두

마당에 심어놓은 앵두는 익어 가는데
술 한 잔 안 하고 어쩔 것인가
앵두는 자꾸 익어 가는데
우물가에 바람 난 처녀는 보이지 않고
앵두는 오늘도 흐드러지게 익어 가는데
등 굽은 노파의 손은 나뭇가지에 닿지도 않고
앵두는 하염없이 익어 가는데
동네 처녀들은 씨가 마르고
앵두는 그저 익어 가는데
집 나간 여자는 돌아오지도 않고
우물물은 마르고
올해도 앵두는 익어 가는데
익어 가는데
한 집 건너 상가고
주위 사람들은 계속해서 사라지기만 하고
한번 간 것들은 돌아오지도 않고
앵두가 익어 가는데
그저 자꾸 익어 가는데

황폐한 날들의 봄

외박이 잦아
마당에 매화꽃이 폈다
지는 줄도 몰랐네

외박이 잦아
늙은 노부모 지친 어깨가 기진해 가고
다 자란 자식들 집 밖을
헤매고 있는지도 몰랐네

외박이 잦아
내 영혼이 나가서 돌아오지 않고
계절이 또 지나가는 것도
아주 몰랐네

외박이 잦은 어느 날
봄꽃이 마당에 왔다가고
사람들이 왔다가고
먼 산이 짙어져 눈앞에 또 다가온 것을
객지를 떠돌다 우연히
비로소 기어이 알았네

저녁의 숲

태풍 메아리가 비껴간 저녁
숲이 커다랗게 출렁였다
잣나무는 잣나무대로
밤나무는 밤나무대로
또 떡갈나무는 그 떡갈나무대로
저마다의 소리를 내고 있었으나
나는 그 소리를 구분할 수 없었다
숲이 그냥 크게 출렁였고
새들의 둥지들이 전 방위로 흔들리고
다급한 소리들이 산등성이 너머로 사라졌다
깊이 젖은 오래된 숲이 크게 출렁였고
바람이 파도처럼 꿈틀대고
싱싱한 숲의 냄새가 파동을 쳤다
잣나무는 푸른 잣나무 솔방울을 몇 개 떨구고
밤나무는 밤꽃을
떡갈나무는 커다란 이파리를
동네 느티나무도 가지 몇 개를 떨구었다
논바닥의 개구리는 침묵했고
뿌리를 내리기 시작한 논의 모도 바람에 일제히 흔들렸다
논두렁의 개망초가 흐드러져 있었고

바람은 그 모든 것을 뒤섞고 있었다

숲이 크게 출렁이며

허공을 붓질 하고 있었다

잠시 후 깊고 어두운 정적이 몰려왔다

지구가 별이 되는 순간을

행성 저쪽에서 누군가 지켜보고 있을 것만 같았다

시간이 지나자 개구리들이 일제히 다시 울었다

우린 그때 같은 행성에 있었고 서로가 낯설지 않았다

2부

전원생활

비를 좋아하다가 미워하게 됐다
장마가 사라지고 스콜이 왔다
뻑하면 넘지는 집 옆 수로
상추 배추 고추 깻잎 가지 오이 심고
값싼 전원생활 흉내 내려다
뻑하면 넘치는 하수구 정화조
마당에 똥칠하고 하늘만 본다
세월이 가지 않은 듯한
마을 회관 이장의 방송도
머리를 뒤숭숭하게 하고
급히 친해졌다
급히 멀어지는 인심도 정신을 사납게 했다
건드리면 탈나고 애 밴다는데
들쑤신 산과 길마다 상처였다
사람이 조용하면 산짐승 날짐승이 시끄럽고
날짐승이 조용한 날은 집짐승이나
사람들이 저마다 발악을 했다
이제 이 나라의 날씨도 건기와 우기로 아주 나뉘었다
전원이 미쳤다

독백 수다

매화나무에 물 주며 이천오백사십오 단어

그 매화나무 잎에 앉은 청개구리와 또 사천팔백육십이 단어

마당에 잡초를 뽑으며 오천칠백구십칠 단어

앵두를 따며 육천오백팔십육 단어

블루베리를 따며 다시 삼천사백칠십사 단어

수다 떨다 지친 나머지

저녁 늦게 들어온 부인을 보곤 끝내 묵묵부답

세기의 숲

도대체 저 숲에선 무슨 일이 벌어지고 있는지
호랑이와 나무꾼이 사라진 저 숲에선
오늘도 바람이 불고 새가 우나
흔적으로만 남은 선녀탕의 주인과 전설들

나무꾼이 사라지고나자
은근히 공주병인 선녀도 자취를 감추고
더 이상 그 구덩이에선 아무도 옷을 벗지 않는다

사람들이 스크린에 목을 처박고 있는 시간
숲에선 도대체 무슨 일이 벌어지고 있는지
고라니가 멧돼지를
개구리가 뱀을 잡아먹어도 모를 일이다

수십 년 전 나무를 심어놓고 방치해둔 숲에선
오늘도 무슨 일이 벌어지고 있는지
밤마다 산짐승이 마을을 염탐하고 돌아가도
야성을 잃어버린 동네 개들만 잠시 심란할 뿐

시체를 묻고 시체를 캐가도 모를 밤

도대체 저 숲에선 밤마다 무슨 일이 벌어지고 있는지
흔적을 지우고 보면
그저 저녁의 숲 세기의 숲

자화상, 쉰하나

누구보다도 못나지 않았으나
누구보다 꼬인 삶

반성

아무리 시를 써도 김훈의 산문 한 줄만도 못한 날

어떤 정신

처외삼촌 죽어서
화장장 화덕 불 들어가는데
둘째 처이모 달려들며 울부짖는다
오빠, 정신 단단히 차려!
정신 단단히 차려야 돼!
처이모 까무러친다

화장장 나오자마자
처이모 언제 그랬냐는 듯 차에서 내리고
나는 정신없이 강원도 영월
어느 숲 속 따라가
난생 처음 보는 소나무 아래
처외삼촌 묻고 돌아선다

정신 단단히 차리고 살아 이 멍청아!
내 등 뒤 처외삼촌 소리친다
소나무가지 흔들린다

장례의 미학

한 여자 홀연히 나타나

나 이 사람 알아요
이 사람과 섹스 한 적이 있어요
무척 좋았어요

이 한 마디면
(된다)

마을 인심

열무 키워 한 단
감자 심어서 한 자루
오이 재배해 한 다라
토마토 심어 한 바가지
상추 심어 또 한 소쿠리
먹어나 보라고
내다 팔 거 뭐 있냐고
나눠먹기도 빠듯한데
먹을 거 있으면 다 가져다 먹으라고
남으면 썩을 거
함께 먹자고
먹어나 보자고

동네 한 바퀴
— 심상현 형

동네가 심심해서
한 바퀴

혹시 동네 노인들이 심심해서
또 한 바퀴

못내 심심해서
다시 한 바퀴

그냥 잠들 수 없어
마지막 한 바퀴

사람 그림자도 없어
자꾸자꾸 한 바퀴

청안淸眼

— 잡농雜農 박순례(1931~) 여사

태어나서 지금까지
책 한 권은 고사하고
지구상의 어떤 글자도
단 한 자도 읽지 않은 여자
자기 이름 자식 이름도
쓸 줄 읽을 줄 모르는 여자
수조 원짜리 수표를 써줘도
그게 뭔지 모를 여자
그러고도 전기밥통
전기세탁기 돌리고
석기시대 원시인처럼 씨 뿌리고 거두고
간장병 콜라병
먹을 거 버릴 거
감으로 알고
학교 같은 데 다니지 않아도
국어 영어 미적분 피타고라스 같은 거
전혀 몰라도 평생 동안
먹고 살 수 있다는 걸 보여준
간 큰 조선 여자
시인 소설가 문학박사 이 아무개
어머니 밀양박씨 순례

두근두근 네 인생

축사 분뇨 냄새는
왜 밤에만 나는지
밤이면 잠자는 양심
밤마다 열리는
주인과 짐승의 아랫도리
불륜의 밤
두근두근 네 인생

살다보면

살다보면
똥 밟는 건 까짓것 예사고
새수 없게
미친개한테 물리기도 하고
어처구니없게
문틈에 좆이 낄 때도 있고

살다보면 정말
이웃집 남자의 자지를
본의 아니게 볼 때도 있고

살다보면 또 진짜
어쩔 수 없이
동네 아줌마의 보지를 보기도 하지

살다보면 그러니 낸들 어쩌겠는가
이 세상 하늘 아래
눈이 하늘을 향해도
미친년 보지털 세고 있는 것까지
보게 되는 것을
이 별이 원래 그런 것을

찰나

흔한 새인 줄 알았는데
오랫동안 격조했었다

참새 한 마리 2층 창 밖 난간에
1.5초 동안 앉았다 떴다

삼십여 년이 흘러갔다
찬란한 찰나

파주 적군묘지

무덤 앞에 묘지목 세우고
무명씨 묘라 한다

죽은 곳은 알아도
태어나 자란 곳은 모른다

적군이라 하고
간혹 동포라고도 한다

오후의 소묘

90전후 노부모의 쥐꼬리 만한 연금 통장에서 돈을 빼서
읍내 농협에 가 빈약한 강사의 카드값을 돌려막고
맥주 한 병 순대 1인분 사서 돌아오는 길
삼복염천에 호박잎은 시들고
아버지 어머니 내 머리도 시들고
약을 주지 않은 자두나무의 자두는 스스로 병들어 떨어지고
주인의 눈길을 벗어난 늦매실 두어 개
잎 속에 숨어서 조마조마 익어가는 오후
아직 저승에서 호명하지 않은 자들의 저녁은
조붓하게 다가오고
이름 모를 작은 새 울타리 위 날아들고
콩깍지를 까다가 눈 한 번 든 노모의 얼굴에
잠시 번지는 미소
이맘쯤에서 문득 밥숟가락 놓아도 좋을 것 같은 오후
아무하고도 다투고 싶지 않고
아무도 탓하고 싶지 않은 저녁

좋은 친구들

사람 귀한 동네

군대에서 얻어맞아 정신이 오락가락 하는 심 형

어려서부터 말 못하는 벙어리 윤 형과

초저녁부터 마당에 벌려놓은 술판

마른장마에 잔뜩 흐린 하늘은 애써 터지지 않고

심 형은 엊그제 산에서 캔 도라지 얘기만 반복하고

지난 주말 교회 갔다 용주골 색싯집 갔던 윤 형의 필담에도 지친다

심 형은 취하면 또 영지버섯 얘기를 할 테고

윤 형의 글씨는 획이 무뎌질 터

심 형, 우리 동네 뒷산엔 산삼은 없어?

윤 형, 쉬운 말 두고 왜 자꾸 필담을 해, 말 좀 해!

지나가던 노인 한 분 덩달아 한마디 거들고

이 박사, 거 맨날 병신들하고 뭐해?

그나저나 내 장례식 땐 올 거지?

사람 귀한 동네

윤달, 하지 지나 맘껏 긴 여름날 저녁

끝내 과묵한 창만리

파주

파주에서 산다는 건
어디 멀리도 못 가고
주말이면 임진강 물빛이나
보러 가는 것

나이 들어가며 여기에서 산다는 건
아주 멀리 달아나지도 못하고
돌아와 오랜 아내와
철따라 임진강 물빛이나
보러 가는 것

그 물 매운탕에 끓는 속이나 푸는 것
그리고 아무렇지도 않게
제자리로 돌아오는 것

이쯤

이쯤이면 사랑

이쯤이면 행복

이쯤이면 슬픔

이쯤이면 이별

이쯤이면 허무

오늘도 이쯤이면

이쯤이면 이쯤

우주적 고독

모름지기 세상의 고독이란
1977년 9월 5일
지구를 떠난 보이저 1호가
그대와 내가 세상을 떠난 후에도
수백 수천 년 홀로 성간 운행을 하다가
지구가 사라진 후에도
50억 년쯤 저 홀로 은하계 어딘가를
항해할지도 모른다는 사실
전에도
지금도
앞으로도
영원히 혼자라는 거
수많은 내 불면의 밤은
그런 날들의 눈 한번 꿈뻑임도 아니라는 거

그건

그건 내가 없는 세상에 누군가 남아서

혼자 밥을 먹는다는 거다

혼자서 잠을 자고

혼자서 소파에 앉아 리모컨을 만지작거리며

드라마나 영화를 보고

혼자서 매일 밤을

그리고 아침을 맞이한다는 거다

또한 그건 혼자서 기억할 것이 많다는 것이며

살아갈 날보다 살아온 날들이 많다는 거다

그리고 그건 무엇보다도

누군가는 가도 누군가는 혼자 남아서

또 하루를 맞이해야 한다는 거다

3부

SEPTEMBER

september라고 쓰고
씹템버라고 읽는다
씹템버
씹템버
따라 읽고 있는 너
we are the september
다시 한 번 씹템버

가을배추

한낮 땡볕에
짠하고 튼실한 포기를 키우듯
그렇게

하룻밤 촉촉한 단비에
성큼 자라듯
그렇게

쉬임없이 자라며
스스로 속을 채워가듯
또 그렇게

방아깨비 한 마리 날아와
이파리 위에 가볍게 쉬어가듯
그렇게 그렇게

왜

마당 한구석에 심어놓은 배추도
하루가 다르고
아침이 다르고 한낮이 다르고
저녁이 다른데
왜 나는 맨날 당신의 왼쪽이고
당신은 나의 오른쪽인가
빨갱인 예나 지금이나 빨갱이고
친일은 허구헌 날 친일이며
친미는 여전히 친미인가
9월 하루 마당에 앉아
하늘을 보고 땅을 보고 있으면
시시각각 색이 변하고
천지가 개벽인데
너는 여전히 너고
또 나는 여전히 나인가
뜬금없이 오늘은 당신의 오른쪽이고 싶고
당신의 왼쪽이고 싶고
당신의 아주 먼 먼 곳이기도 싶은데
허구헌 날 왜 오른쪽은 오른쪽이고
왼쪽은 왼쪽인가

가장 가까운 곳이

가장 먼 곳이 되고

가장 먼 곳이

가장 가까운 곳이 되기도 하는데

당신은 왜 여전히 멀고도 또 먼 무엇인가

가깝고도 먼 것인가

이빨을 다 갈고도 구태고 의연인가

왜 여전히 고렷적 한국말인가

미치도록 동어반복인가

왜 왜 왜

헐거워지면

우리 마당이 헐거워지면 가을이다

콩대와 콩대

콩잎과 콩잎

옆의 깻잎과 깻잎

밤과 밤톨 사이

호박잎과 호박 사이

모두가 헐거워지면 가을이다

이별 직전이 가을의 끝이다

저녁 거미

전깃줄에 빨래처럼 드리워져
흔들리는 저것이
저것들의 집이고
저 허공이 저것들의 일터고
저것들의 일용할 양식이라니
흔들리는 수직의 실존
나보다 더하고
독한 놈들이라니

들꽃

들국화 구절초 쑥부쟁이 고들빼기
망초 망초 개망초
그 놈이 그 놈 같고
그 게 그 게 같은
볼 때마다 잊어먹는 색색의 꽃들이
가을 한 귀퉁이에
저마다
소리 없이 피었다 진다
나보고 어쩌라고

도토리의 심사숙고

도토리는 들판을 굽어보며 열린다는 말

들판이 풍년이면
산열매는 흉년

들판이 흉년이면
산열매는 풍년

머리는 쥐알만한 게
생각은 지구를 덮고도 남아

가을밤

집마다 노인 하나 둘

오가는 사람 하나 없고

창가 불마저 꺼지면

뒷뜰 밤 떨어지는 소리

혜성 충돌소리 만해

쥐 잡던 고양이 놀라 달아나고

벌초

한밤중에 효자로 소문난
이종사촌이 울고 있었다

어머니, 이젠 제발 죽어요!
어머닌 지금 죽어도 85세까지 산 거지만,
이러다가 난 50도 못 살 거 같아요.

내 반쪽의 반쪽 피가
밤새 들끓었다

마당의 저녁

어중간한 초저녁 마당
야외 탁자 앞에 앉아
어제는 김부식을 읽고
오늘은 정지상을 읽었지
그 전날은 두보를 읽었고

천 년 전이나 후나
사람은 달라도
세상은 여전하거나
세상은 달라도
사람은 여전하더군

그대들이나 나나
세상 시름과 못쓸 인연에
술 한 잔 하긴 마찬가지여서
나 같은 하필下筆도 저녁이면
여지없이 술자리를 맴돈다네

저녁시

시가 몰려오는 가을 저녁
마당 한 귀퉁이에 그물을 치고
차를 데우고
그가 오기만을 기다린다

시가 떼로 몰려오는 가을 저녁
달을 띄우고
모기향을 피우고
마당에 촛불을 하나 켜고
정갈히 앉아 이웃집 마당에
밤톨 떨어지는 소리를 듣는다
대추 익어가는 소리를 듣는다

시가 몰려오는 저녁
술 한 병 들고 동네 형님
무작정 찾아온다
진짜 올 것이 왔다, 시다!

가을이 왔다 갔다

그해 가을 나는 파주에서

아이의 책장에 꽂힌 어린왕자와

갈매기의 꿈을 꺼내 읽었고

세르반테스의 돈키호테를 다시 읽었다

추석 전날도 그 다음날도

또 다음 다음날도 읽었다

편력기사나 건맨이 되고 싶었고

내 청춘의 먼 곳을 더듬었다

산초판사를 둘시네아를

내 영혼의 바깥쪽 사람들을 만나고 다녔다

가로 쓰기로 된 적과 흑을 체호프 단편집과

마르께스 서머싯 모옴 그리고

제임스 조이스의 책을 다시 구입하고

국제적 속물들 사이에서 즐거웠다

그해 가을 난 특목고 학생들 위주로 뽑아놓은

명문대 공대생들의 조숙한 우경화에 신물이 났고

사립 재단과 조중동의 영화와 꿈이 실현된 걸 보고

그들에게선 희망이 없다는 사실을 알았다

마르셀 프루스트를 다시 읽어도

잃어버린 시간을 되돌릴 순 없다는 사실을 또 알았다

그렇게 가을이 왔다 갔다
그런 가을이 내게도 왔다 갔다
나는 다시 박형준의 시집과 김언의 시집을 읽었고
망해도 좋은 세상도 있다고 생각했다
누군가는 짧고 또 누군가는 여전히 길었다

추석 이후

자식들이 농촌봉사활동 차원에서
잠시 다녀간 후
집안은 더 적막하고
마을은 좀 더 여위었다
손자손녀의 위문공연도
증손자들의 재롱잔치도 그때뿐
밤공기는 더 차가워졌고
집안에 불을 켜지 않는 시간은 더 늘었다
자식들의 허세와 호언으로도
몰락을 지연시킬 순 없었다
필드에 밀린 저 푸른 초원 위에
다 쓰러져가는 집과 몸뚱아리
말 못하는 벙어리와
미친 자식만 남아 빙빙 도는 고향
빈병과 쓰레기만 쌓이고
어두워지는 저녁
길은 서울로 붐비고
다시 텅 빈 마을길
빈 밤송이 하나 풀숲에 떨어지고
고라니는 고구마 밭을 다시 건너고

개구리 뽈쩍, 반딧불 반짝

그뿐이다 단지

마당별곡

우리 집 마당엔 호박넝쿨이
구부려놓은 자두나무와
대추나무 가지가 있다
우리 집 마당엔 잘 자라다가
구부러진 복숭아나무가 있고
매화가 있고
앵두나무가 있고
함께 엉켜 뒹굴고 있는 포도나무가 있고
자기 자리를 내주고 물러난 체리나무도 있고
아예 목 졸려 죽은
호박넝쿨과 정사한 감나무도 있다
우리 집 마당엔 무엇이든
친구하자고 어깨동무하는
가리지 않고 사랑하자고 몸 부비는
적극적인 호박이 지천인 여름이
또 가을이 있다
모두의 이웃이고 모두의 적인
호박넝쿨이 무엇보다도 그저 있다
우리 집 마당엔 세월이 그냥
구부려 놓은 구십 노부모도 가만 있다

마당 농사

자두는 반 정도 먹고
복숭아는 다 벌레 차지고
블루베리는 열리는 대로 먹고
포도는 주는 대로 따먹고
옥수수는 간간히 달리고
사과는 벌레와 벌 차지고
대추는 벌레도 먹고 나도 먹고
호박은 늦게까지 힘이 뻗치시고
배추 심어 김장 담그니
올해의 마당 농사 끝

4부

분리 독립을 꿈꾸다

아내와 아들은 노동법 개정과 역사교과서 국정화 반대 시위를 하러 차를 여러 번 갈아타고 광화문 앞 시위 현장으로 달려 나가고 청와대 여자는 때맞춰 또 외국에 나가시고 나 혼자 집에 남아 마당의 배추를 뽑고 김장 준비를 한다 굳이 강화에 가서 강화 어부가 잡은 생새우 1kg 대파와 쪽파 1단 굴 1kg 찹쌀 1되 멸치액젓 1통 생강과 쑥갓 1단 그리고 어머니가 드실 쑥진빵과 만두 좀 사온다 내 삶은 이미 저들과 상관이 없다 어느 지점에서 인생의 중요한 고비를 넘어온 것 같다 대통령의 독단과 협량한 정치가 중앙정부의 행정이 저들 도시의 역겨운 일상이 따라오지 못하는 시골에 틀어박혀 인류의 창세기나 상고사를 다시 쓴다 대한민국의 행복은 북한산 이북과 임진강 이남에 있다고 생각하며 저들 나라와의 분리 독립을 꿈꾼다 아버지가 달아놓은 태극기를 내리고 아내의 야한 속옷을 살구나무에 걸어놓고 창만리 84-1번지의 분리 독립을 선언한다 이후 마당 밖을 나갈 때마다 여권을 챙기는 버릇이 생겼다

시골 버스

영하의 겨울
시간당 한 대인 버스를
눈꼴 빠지게 기다리다 알았다
간절하게 기다린다는 것이 뭔가를
오지 않는 것의 그리움을
스쳐지나가는 것들의 차가움을
한 사십 분쯤 지난 뒤
온몸이 얼고 난 후
따스함이 뭔지를
마침내 이처럼 간절한 것이
최근에 없었다는 것을
버스여, 오지 않는 버스여
너를 기다리다 새삼 알아버렸다
기다리고
기다린다는 걸
이 땅에선 기다림이 역사라는 걸

자본주의

꼭꼭 숨어 있어도
귀신 같이 돈을 빼간다

분비물 糞飛物

새들은 날기 위해 뼛속까지 비운다

— 그것까진 모르겠고 아직 이 땅에 살다보니
　 왜가리가 날아오르며 똥을 내지르는 건 종종 본다
　 날으는 똥의 융단폭격
　 날고 기는 것들은 육해공에서 늘 먹고 내지르지
　 내지르다 내지르다 자기 똥독에 빠져죽지

우리 동네

조용해서
졸립고

너무 조용해서
잠도 안 오고

추워서
시가 되고

너무 추워서
시도 되지 않고

구제역 방역

도처 살처분

생매장

자동차는 또 무슨 죈가

어쩔고

저 면서기들의 과로

나무 주치의

구십 먹은 아버지가 일 년 내내
방구석에 틀어박혀 낡은 이불을 뒤집어쓰고
대상포진을 끙끙 앓는 동안
우리 집 마당의 매화나무와 자두나무도
겨우내 대상포진을 앓았다

상처엔 후시딘인데
아버진 껍질이 벗겨진 매화나무에도
대상포진 파스를 나눠 붙이고
지난여름 반 넘게 벌레 먹었던
자두나무에도 파스를 붙였다

열매를 잘 맺지 못하는 매화나무와
모조리 벌레 먹어 먹을 거 하나 없는 복숭아나무도
아버지 눈엔 다 대상포진 때문인 듯
우리 집 마당의 나무들은 내내
아버지와 함께 앓았다

봄마중

봄이 온다는 소식을 듣고
마당에 나가 보았다
매화나무의 몽울이 지고
달래도 민들레도 딸기도 싹이 돋고
시든 잔디의 틈 속에서도 새 순이 올라오고 있었다

봄이 온다는 소식을 듣고
조금 더 멀리 나가 보았다
울타리마다 노란 개나리가 피고
동네 어귀의 흰 목련이
뒷동산엔 연분홍 진달래가 꽃 색깔을 다투고 있었다

봄이 온다는 소식을 듣고
조금만 더 멀리 나가 보았다
산마다 들마다 사람들이 울긋불긋
봄꽃들보다 먼저 피고 또 피고
어지럽게 봄보다 먼저 봄을 휘젓고 있었다

봄이 온다는 소식을 듣고
조금만 더 조금만 더 자꾸자꾸 멀리 나가 보고 싶었다

옛날에 오다 지친 봄도
머뭇거리고 있는 사람도 세상도
어딘가에서 만날 것만 같았다

봄이 온다는 소식을 듣고
돌아와 아예 일을 접고 술병이나 옆에 차고
하루 종일 문 밖에 서서 먼 곳만 바라보았다
봄은 언젠가 기적처럼 또 올 것이고
그리고 짓궂게 오지 않을지도 몰랐다

마당에서 서성이다

하루 종일 마당을 서성이며 뭔가를 기다렸다
나는 내가 기다리는 것이 뭔지 몰랐다
닭 우는 소리 없어도 매화꽃이 피기를
살구꽃이 피기를
자두꽃과 복숭아꽃과 배꽃과
사과꽃과 대추꽃이 피기를
기다리는지도 몰랐다
지난해 심었던 수선화와 작약의 순이
피어오르길 기다리는지도 몰랐다
나는 하루 종일 숨죽여
마당 주위를 무작정 서성이다가
뒷산에도 올라보고
손끝에 닿는 나무 끝도 꺾어보았다
봄이 동구 밖에서 오는지
땅 속에서 솟아오르는지 몰라서
지난겨울의 내가 누구인지 몰라서
무심히 마당 주위만 맴돌았다
며칠 후 세상이 어지러워서
현기증처럼 봄이 왔다

다시 변방의 마당에서

누군가는 강바닥에 국고를 쏟아 붓고
누군가는 또 엉터리 무기를 팔아
뒷주머니를 불리고
누군가의 그 누군가는 딴 나라 땅 속에
나랏돈을 퍼부어도
멀쩡한 아이들 수백 명이 수장되고
가족들이 울부짖어도
세상이 아직 다 망가진 것은 아니어서
저 홀로 잘나서
밤하늘엔 별이 뜨고
뒷산엔 내가 가져다 땔 나무가 쌓여있고
그러고도 세월은 또 있어서
기러기는 왔던 곳으로 되돌아가고
언 땅은 풀리고
봄꽃은 어김없이 피려하고
외롭게 살아있던 것들은
애써 기지개를 켠다
그 소리에 놀라 풀숲 까투리 서너 마리 황급히 비상한다
아직 잡놈들이 다 망치지 않은 나라에
그렇게 그렇게 기적 같은 봄은 온다

뿌리 내리지 못한 것들의 노래

황정산 시인 · 문학평론가

뿌리 내리지 못한 것들의 노래

황정산 시인 · 문학평론가

1. 들어가며

우리 자신의 존재의 기원을 생각해보면 우리 모두는 이민자이다. 어디선가 흘러와 여기에 머물렀고 또 어딘가로 끝없이 밀려가며 살고 있다. 그럼에도 우리들은 자신을 박힌돌이라고 주장하고 떠밀려오는 것들을 배척하고 나와 다른 것들을 내 땅이라 주장하는 곳에서 쫓아내려 한다. 그리고 스스로 작아지고 말라가고 결국은 소멸한다. 이동재 시집『파주』는 바로 이 이주와 정주 다시 말해 붙박임과 떠밀림 그리고 내몰림의 기록이다.

이 시집의 배경이 되는 파주는 독특한 성격의 지역이다. 정착하여 농사를 짓는 농경 지역이었지만 서울에서 많은 사람들이 밀려와 사는 서울 위성도시이기도 하고 더 이상 밀려가다 다다를 수밖에 없는 접경지역이기도 하다. 거기 사는 사람들은 정착민이면서 이주자이며 내몰린 사람들이면서 붙박인 사람들이기도 하다. 이동재 시인 역시 거기에서 터를 잡고 사는 사람이다. 하지만 그는 거기에 대대로 살아온 원주민도 아니고 그렇다고 잠깐 전원생활을 즐기다 갈 서울 사람도 아니다. 이 아이러니한 위치에서 겪은 삶의 기록이 바로 이 시집이다.

하지만 이 시집의 시들은 이러한 삶의 소소한 일상의 기록에만 결코 머물러 있지 않다. 시집 전체가 지금 이 땅에 살고 있는 우리 모두의 삶에 대한 은유이고 알레고리이다. 시인은 이것을 통해 우리의 삶이 얼마나 허망한 곳에 자리 잡고 있고 우리가 얼마나 헛된 구속 속에서 우리의 자유를 저당 잡히고 살고 있는가를 말하고 있다. 파주에서의 삶의 여러 계기들을 재미있는 언어로 표현하고 있지만 단순한 재미로만 읽을 수 없는 어떤 깨우침을 주는 것은 바로 이 때문이다.

2. 유랑과 정주 사이

지금 우리의 삶의 양식에서 한 곳에서 오래 산다는 것은 쉬운 일이 아니다. 우리 모두는 어딘가로 흘러가다 지금 여기 잠시 머물러 있는 존재로 살고 있다. 그럼에도 불구하고 우리는 항상 어딘가에서 정착하고 살며 안정을 꿈꾼다. 그것이 우리를 구속하고 부자유하게 하리라는 것을 알면서도 우리 모두는 그 안온한 그러나 쉽지 않은 정주를 꿈꾼다. 시인 역시 그러한 정주를 위해 새집을 마련한다.

새 집에선 소리가 난다

모든 게 낯설어

벽과 벽

벽과 천정

가구와 가구

그리고 바닥이 만나는 부분에서

자기 자리를 잡느라 삐걱거리는 소리

밤새 수인사 하는 소리

새 집에선 냄새가 난다

미처 마르지 않은 나무

그 나무가 살던 숲과 공기

새들과 계곡의 물이끼

산짐승들의 발정난 냄새와 진달래 철쭉

이름 모를 약초 냄새까지

채석장의 화약 냄새와

골재 트럭이 훑고 간 강바닥의 기름 냄새마저

이합과 집산 고통과 환희

이 모든 것의 접합 부분에선

밤새 소리가 난다

냄새가 난다

─「새집」전문

  새집을 짓거나 산다는 것은 이주와 정착의 경계에서 하게 되
는 경험이다. 그것은 새로운 희망과 안정을 상징하는 것이기도
하지만 반대로 두려움과 어색함을 수반하기도 한다. 시인은 그

것을 소리가 나고 냄새가 난다는 것으로 표현하고 있다. 그 소리와 냄새는 시인이 꿈꾸는 새집에서의 안정을 뒤흔드는 것들이다. 그것들은 새집을 마련하기 위해 포기해야 하는 것들이 시인에게 은근히 가하는 압력과 거부이기도 하다. 시인은 새집을 마련했지만 스스로 거기에 들어가기를 두려워하는 아이러니를 경험한다. 집이 주는 안정이 곧 억압과 구속으로 변하리라는 것을 시인은 너무도 잘 알기 때문이다. 뿐만 아니라 나의 정주를 위해 만든 이 집 하나를 위해 많은 것들이 희생되었다는 사실도 시인을 예민하게 만든다. 집을 위해 산짐승의 터전을 망가뜨렸기에 시인은 집에서 "채석장의 화약 냄새"를 맡고 있는 것이다. 시인은 그래서 이 모든 냄새와 소리들을 "이합과 집산 고통과 환희"의 접합 부분에서 발생한다고 생각한다.

외박이 잦아
마당에 매화꽃이 폈다
지는 줄도 몰랐네

외박이 잦아
늙은 노부모 지친 어깨가 기진해 가고
다 자란 자식들 집 밖을
헤매고 있는지도 몰랐네

외박이 잦아
내 영혼이 나가서 돌아오지 않고

계절이 또 지나가는 것도
아주 몰랐네

외박이 잦은 어느 날
봄꽃이 마당에 왔다가고
사람들이 왔다가고
먼 산이 짙어져 눈앞에 또 다가온 것을
객지를 떠돌다 우연히 알았네
　　　　　　　　　—「황폐한 날들의 봄」 전문

　외박은 집을 두고 밖에서 자는 행위이다. 그것은 정주가 주는
안정을 거부하고 스스로 방랑을 택하는 상징적인 행위이다. 파
주에 집을 마련했다는 것은 스스로 방랑을 할 수 있는 기회를 주
는 일이기도 하다. 술을 핑계로 교통수단이 끊김을 기회로 시인
은 많은 외박을 했을 것이다. 시인이 이렇게 헤매고 다닐 때 안
정을 꿈꾸고 지켜오고자 한 가족들도 함께 무너지고 있다. 노부
모는 병들어 가고 아이들 역시 집 밖을 헤매고 있다. 그런데 시
인은 이런 방랑 중에도 자신의 집에 피어있을 봄꽃과 매화를 생
각한다. 거기에 행복과 기쁨이 남아 있으리라는 기대를 포기할
수 없기 때문이다.
　이 시집의 표제작이기도 한 다음 시는 이런 파주의 삶을 아주
간명하게 말해주고 있다.

　　　파주에서 산다는 건

어디 멀리도 못 가고
주말이면 임진강 물빛이나
보러 가는 것

나이 들어가며 여기에서 산다는 건
아주 멀리 달아나지도 못하고
돌아와 오랜 아내와
철따라 임진강 물빛이나
보러 가는 것

그 물 매운탕에 끓는 속이나 푸는 것
그리고 아무렇지도 않게
제자리로 돌아오는 것
— 「파주」 전문

파주에서의 삶은 유랑도 정착도 아닌, 탈영토화와 영토화 사이 또는 자유와 구속 사이의 모호한 지점에 놓여있다. 이렇게 방랑과 안정 사이에서 헤매고 있는 시인은 다음 시에서 자신의 삶의 위치를 이주와 정주 사이의 갈등하고 모순으로 규정한다.

서울 오가는 데 두 시간 삼십 분
혹은 세 시간
왕복 다섯 시간은 예사
아 이래서 사람들이 기를 쓰고

서울에 살려고 하는구나

알게 되는 시간

유배도 전원생활도 아닌

원주민도 이주민도 되지 못한

농부도 제대로 된 월급쟁이도 아닌

참 거시기한 세월

애매한 서울 변두리

국경 아닌 국경

―「시골생활」 전문

시인은 이렇게 파주에서의 삶을 정주와 이주, 안정과 방랑 사이에서의 아이러니로 파악하고 있다. "원주민도 이주민도 되지 못하고" "유배도 전원생활도 아닌"이 애매하고 모순적인 입장이 바로 파주의 삶이다. 하지만 이는 시인 자신의 특수한 경험만을 말해주는 것은 아니다. 이 모두는 지금 여기 이 땅에 사는 사람들의 삶과 의식을 비유적으로 말하는 것이기도 하다. 우리 모두는 사실 이주민이거나 이주민이었거나 이주민이 될 것이다. 그럼에도 우리는 조금 먼저 정착하여 이주민들을 배척하고 차별하고 더러 내쫓는다. 파주는 이렇게 정착할 수 없는 이주민, 아니면 정착에 실패한 이주민 그것도 아니면 접경에 놓여있어 더 이상 이주할 수 없어 어쩔 수 없이 정착에 들어간 사람들이 사는 이상한 곳이다. 그런데 다시 생각해보면 이는 파주에게만 해당되는 것은 아니다. 우리가 살고 있는 모든 곳이 다 파주이다. 우리 모두는 따져보면 이주도 정착도 하지 못한 채 어설픈 삶을 살고 있다. 뿌리도 없고 그렇다고 자유도 없다. 이것은 지금 이곳의 현실이고 또한 정착 생활을 택한 이후 인간의 운명이기도 하다.

3. 청산과 풍진 사이

파주는 농촌이면서 도시이거나 도시 변두리인 모호한 정체성의 고장이다. 자연을 찾아 살고 있지만 도시적 감수성을 포기하지 못하거나 농업을 본업으로 살고 있지만 끝없이 도시의 삶을 동경하는 사람들이 함께 섞여 살고 있다. 시인 역시 농촌도 도시도 아닌 이곳에서 자연도 현대적 삶의 편리함도 아닌 어정쩡한 삶을 살고 있다.

집 마당
빙 둘러 콩이다

초롱꽃 모란 구절초
딸기 반송 무궁화
쥐똥나무 매화
살구 자두나무

이게 다 뭐냐?
콩 심어야 하는데
―「어머니의 콩밭」 전문

이 시가 바로 이 어정쩡한 상태를 잘 보여준다. 어머니가 마당에 콩 심기를 집착하는 것은 농경 사회의 습속이 남아 있어서다. 어머니는 빈 땅이 있으면 손을 별로 보지 않아도 쉽게 자라고 수확할 수 있는 콩을 심는 것이 바람직하다는 생각을 굳건히 가지고 있다. 하지만 시인은 마당에 온갖 과일나무와 화초를 심어 자연에서의 전원생활을 즐기고자 한다. 그런데 전원생활이라는 것이 사실 자연과 혼연일체가 되는 삶은 아니다. 그것은 도회지 사람들이 선망하는 사치의 일종일 뿐이다. 시인은 농촌의 흔적이 남아있는 파주에서 자연과 함께 하는 삶을 살고자 하지만 결국 따지고 보면 그것은 도시 사람들의 고상한 취미를 흉내내는 것일 뿐이다. 어머니가 콩 심기에 집착하는 것도 어쩌면 이런 삶의 방식이 못마땅해서일 것이다. 때문에 시인은 끝없이 흔들린다.

전깃줄에 빨래처럼 드리워져
흔들리는 저것이
저것들의 집이고
저 허공이 저것들의 일터고
저것들의 일용할 양식이라니
흔들리는 수직의 실존
나보다 더하고
독한 놈들이라니
―「저녁 거미」 전문

도시와 농촌, 자연과 세속 사이 그 어디에도 자신을 위치할 수 없기에 시인은 거미처럼 허공에 집을 짓고 있다는 생각을 한다. 자신이 살고 있는 곳도 자신이 일하는 곳 그 어디에도, 안정은 없지만 그렇다고 훌훌 털고 공중으로 날아갈 수 없는 거미의 실존적인 고통을 시인은 똑같이 느끼고 있는 것이다. 도시에서의 삶의 방식을 버리지 못하는 한 여기 파주의 삶은 구속과 부자유의 닫힌 공간이지만, 반대로 파주에서 자연과 함께 하는 삶에 안주하지 못하게 유혹하는 도시는 나의 정착을 끊임없이 방해하는 방랑의 공간이 된다. 이런 파주에 사는 시인에게는 도시의 풍진도 자연의 청산도 모두 자신의 것이 아니다.

이는 시인만이 아니라 오래 동안 이곳 파주에서 살고 있는 원주민들에게도 마찬가지이다.

우리 마을은 창만5리가 끝이지만 바로 옆 산골짜기 창만6리에 살고 있는 이정봉 형이 비닐하우스 지붕에 올라갔다가 떨어졌다는 소식을 너무 멀어서 열흘쯤 지난 다음에 알았다 원래부터 그는 날지 못했다 어쩌자고 지붕에 올라간 것인지는 모르겠으나 날개도 없는 사람이 술에 절은 몸으로 그나마 단단한 땅이 안전하다는 걸 안 것만으로도 다행이라고 …(중략)… 창만6리에 정봉이 형은 없고 끝까지 가는 정봉이인 끝봉이는 없고 올봄은 그냥 심심하게 왔다가나 보다 매화가 피고 철쭉이 펴도 술 한 잔 할 사람이 없으니 봄이 봄이 아니다고 생각하며 마을에 이제 사람 없다고 정봉이 형은 원래 창만6리 사람이라고 올봄은 그냥 다 건너뛰자고 이장에게 통보하고 돌아와 눕는다

— 「낙상, 반비상」 부분

마을 원주민인 정봉형이 비닐 하우스 지붕에 올라갔다가 떨어진 사고를 시인은 그가 날개도 없이 술에 취해 하늘로 올라가다가 일어난 일로 생각하고 있다. 다쳐 누워있어 매화와 철쭉이 피는 봄이 와도 그 봄을 함께 할 사람이 없으니 봄이 아니라고 말한 그의 생각을 시인은 전하고 있다. 꼭 다쳐서가 아니라 이제 위 시에서 매화와 철쭉으로 표현된 자연이 주는 봄은 파주에 없다고 거기에 사는 사람들은 생각한다고 시인은 여기고 있다. 도시도 농촌도 아닌 이곳에서 자연은 빛을 잃어가고 있기 때문이리라.

바로 이런 어정쩡함이 이 시집의 시가 되고 있음을 다음 시는 재미있게 표현하고 있다.

조용해서
졸립고

너무 조용해서
잠도 안 오고

추워서
시가 되고

너무 추워서

시도 되지 않고

─「우리 동네」 전문

파주는 조용하나 추운 곳이다. 도시의 번잡함이 없기에 조용
하지만 그렇다고 안온한 자연이 존재하는 공간도 아니다. 바로
그 애매함이 시를 만들지만 또 그 애매함 때문에 시가 실패하기
도 한다는 것이다. 시인은 바로 이 시가 되지 않는 비시적인 공
간을 표현하려는 실패한 시를 스스로 풍자하며 시를 쓰고 있다.
유머러스하지만 비극적인 이유가 바로 여기에 있다.

하지만 이런 비극적인 인식에도 불구하고 시인은 절망하지는
않는다.

하루 종일 마당을 서성이며 뭔가를 기다렸다

나는 내가 기다리는 것이 뭔지 몰랐다

닭 우는 소리 없어도 매화꽃이 피기를

살구꽃이 피기를

자두꽃과 복숭아꽃과 배꽃과

사과꽃과 대추꽃이 피기를

기다리는지도 몰랐다

지난해 심었던 수선화와 작약의 순이

피어오르길 기다리는지도 몰랐다

나는 하루 종일 숨죽여

마당 주위를 무작정 서성이다가

뒷산에도 올라보고

손끝에 닿는 나무 끝도 꺾어보았다

봄이 동구 밖에서 오는지

땅 속에서 솟아오르는지 몰라서

지난겨울의 내가 누구인지 몰라서

무심히 마당 주위만 맴돌았다

며칠 후 세상이 어지러워서

현기증처럼 봄이 왔다

― 「마당에서 서성이다」 전문

　우리가 인식할 수 없는 혼란과 또 어떤 것으로도 규정할 수 없는 애매함과 어정쩡함이 봄을 오게 하고 희망을 만든다고 시인은 생각한다. "며칠 후 세상이 어지러워서/ 현기증처럼 봄이 왔다"고 말하는 대목은 최근 우리 사회에서 일어난 정치적 현실을 적시하는 말이기도 하지만 또 한편에서는 혼란이 그리고 모순되고 착종된 아이러니가 삶의 고통을 만들어내는 비극의 원인이긴 하지만 결국은 이 또한 희망으로 전환되리라는 믿음을 시인은 가지고 있다. 비극적이지만 낙관적이다. 이동재 시인의 시가 결코 유머를 잃지 않는 이유는 바로 여기에 있다.

4. 맺으며

　우리 모두는 사실 이주자이거나 이주자였다. 정착을 한 것은 아주 짧은 한 순간의 일일 뿐이다. 그럼에도 우리 모두는 자신이 차지한 이 작은 정착지를 영원한 자기 것으로 간주하여 이주자를 몰아내고자하고 그들을 굴러온 돌이라 박해한다. 최근 이슬람 난민들에 대한 혐오는 이런 생각의 극단을 표현해 준다.

이동재 시인의 이번 시집 『파주』는 바로 이 정착과 이주 사이에 낀 자신의 삶을 통해 우리 사회의 억압과 자유를 노래하고 있다. 시인은 많은 위트와 유머를 통해 자신과 자신의 둘러싼 현실을 풍자하고 그 풍자하고 있는 자신마저도 풍자한다. 이 이중의 풍자는 우리를 슬프게 하고 그래서 비극적이다. 시인의 위트와 유머를 즐겁게만 읽을 수 없는 이유도 바로 여기에 있다. 그럼에도 불구하고 이 비극적 인식을 시인은 일부러 사용한 가벼운 언어를 통해 사소한 것으로 만듦으로써 우리를 완전한 절망으로 빠지지 않게 하고 있다. 바로 이런 희망의 힘이 이 시집의 큰 매력이 아닌가 한다.

이동재 시집

파주

발   행 2018년 8월 10일
지 은 이 이동재
펴 낸 이 반송림
편집디자인 김지호
펴 낸 곳 도서출판 지혜
          계간시전문지 애지
기획위원 반경환 이형권 황정산
주   소 34624 대전광역시 동구 선화로 203-1, 2층 도서출판 지혜 (삼성동)
전   화 042-625-1140
팩   스 042-627-1140
전자우편 ejisarang@hanmail.net
애지카페 cafe.daum.net/ejiliterature

ISBN : 979-11-5728-281-4 03810
값 10,000원

이동재

강화 교동도에서 태어나 화동국민학교와 교동중학교를 졸업했다. 시집으로 『민통선 망둥어 낚시』, 『세상의 빈집』, 『포르노 배우 문상기』, 『분단시대의 사소한 너무나 사소한』 등이 있으며, 산문집 『작가를 스치다』, 『침묵의 시와 소설의 수다』, 저서에 『20세기의 한국소설사』 등이 있다. 여러 학교에서 강의를 했으며, 현재 파주에서 근근이 살아가고 있다.

이동재 시인의 다섯 번째 시집인 『파주』는 유랑민도 정착민도 아닌, 탈영토화와 영토화 사이, 또는 자유와 구속 사이에서 한 지식인으로서의 삶의 애환과 고뇌를 노래하고 있다고 할 수가 있다.

이메일 : westisland@naver.com